一茶さんの575歌

発刊によせて〜　一茶の「人間らしさ」が浮かび上がる

一茶記念館　学芸員　渡辺　洋

一茶のふるさとに建つ一茶記念館は、昭和三十五年の開館以来、たくさんの方々とのご縁に支えられてきました。俳人、研究者、芸術家、そして一茶のふるさとである柏原、信濃町、北信濃、ひいては全信州の人々……立場は異なれど、「一茶が好き」という共通の思いを持つ皆さんのお力添えが、一茶曰く「信濃もしなの、おくしなのの片すみ」にある小さな館を成り立たせてくれているのです。

本書著者の堀井正子さんと、柳沢京子さんにも、当館は以前から大変お世話になっております。そんなご縁で、もったいなくもここに私が一文書かせていただいている訳ですが、これもまた、お二方が「一茶好き」であることに由来するのは、本書を手にされた皆さんであれば十分に伝わるものと思います。

一茶没後、近代に入り研究が進展するにつれて、小林一茶は松尾芭蕉・与謝蕪村と並ぶ「三大俳人」に数えられるまでに評価が高まりました。一茶をここまで押し上げた要因はいろいろありますが、俳句自体の素晴らしさはもちろんながら、一茶の遺した膨大な記録から浮かび上がる「人間らしさ」も大きな要素でした。

「人間らしさ」。つまり、一茶は聖人君子や仙人のような、超越した存在ではありません。また、そうした風を装うこともありませんでした。「あるがまま」を良しとした一茶は、楽しいこと、辛いこと、怒り、悲しみ、喜び、身の回りのあらゆるものを俳句に詠み込んで、日記に書き記しました。

本書の、一茶の生活が目の前で展開しているかのように活写する堀井さんの文章と、それを受けて、遠いむかしを「遠眼鏡」でのぞき込むように、印象深く表現した柳沢さんのきりえは、一茶の生涯と俳句の世界、そして「人間らしさ」を、愛情に満ちた視点からくっきり描き出しています。

ある時は孤独な旅人、ある時は自虐的に己を語る貧しい男、ある時は肉親との反目を憂う農家の長男坊、ある時は身の回りの小さな生き物を優しく見つめる観察者、ある時は子煩悩な父親、そして、次々と直面する逆境にも決してめげずに、ユーモアに満ちた俳句を詠み続けた俳人……。抜きん出た俳句の腕前を除けば、一茶は私たちと変わりないごく普通の庶民として江戸時代を生きていたことを、本書は教えてくれます。一茶が俳句に託して吐露した率直な心情は、時代を超えて私たちの心を捉えます。本書を読むうちに、一茶の人生に自分を重ねて共感していることに、ふと気付くかもしれません。例えばＰ50「雁よ雁〜」で、渡り鳥の雁に自身の境遇を重ねる一茶、Ｐ80「子宝が〜」の家族団らんの様子、あるいはＰ88「陽炎や」の我が子を失った一茶のさみしさ。読む人の人生の数だけ、一茶の句と重なり合う場面があるはずです。そして、共感はあなたを「一茶好き」へと導いてくれることでしょう。

一茶を好きになる人を一人でも増やしたいと願い日々活動する者として、こんなにありがたい本はありません。素敵な本を世に出していただいた著者のお二方に心からの感謝を申し上げます。

目次

子ども

故郷

旅暮らし

陽炎《かげろう》やむつましげなるつかと塚

ほのぼのとかげろうがゆれる春、いかにも仲よさそうに寄り添った塚と塚。一つの塚は源氏の武将熊谷次郎直実《くまがいじろうなおざね》の墓、もう一つは平家の若き公達《きんだち》平敦盛《たいらのあつもり》の墓。二つの塚が寄り添う寺は直実の故郷、熊谷市の蓮生寺。この世で、敵として戦ったことなど、すべて、かげろうの彼方に消えて、塚は仲むつまじく立っている。

一茶は江戸に出て十四年、初めて故郷に帰る旅の途中だったが、出家した直実が建てた寺と聞いて蓮生寺に立ち寄った。一ノ谷の合戦で、敦盛は十七歳の若さで散り、直実は不本意にも若き命を討ち取った。

その哀れと苦しみを一茶は思いやったのだろう。その二人の塚が、寄り添うように立つ姿に、しみじみ心動かされての一句。

（「寛政三年紀行」寛政三年　一茶二九歳）

通し給《たま》へ蚊蠅《かはえ》の如《ごと》き僧一人

故郷の親に顔を見せに帰った翌年、一茶は一念発起して、江戸から西国へ、俳諧修行の旅に出た。三十歳だった。西国には、二年前、江戸で亡くなった師・二六庵竹阿が残してくれた門人たちがいる。

師を大歓迎してくれた人々であっても、そこへ一茶が顔を出すとしたら、果たして、どんな顔をされるのか。そんなためらいも不安もあったであろう。それでも、一茶は二六庵竹阿を心の支えのようにして旅立っていった。

どうぞ、お通し下さい、蚊か蝿のごとき、つまらない僧一人でございます。平身低頭、そんな言葉が思い浮かぶほど、つつましく振る舞いながら、厳しい箱根の関所を越えて行ったのだろうか。

三十六歳までつづく旅のスタートだった。

（「寛政句帖」寛政四年　一茶三〇歳）

君が世や旅にしあれど笥《け》の雑煮《ぞうに》

あなた様も泰平に。野宿も覚悟の貧しい西国行脚の旅なのに、あなたのおかげで正月を祝う雑煮を、こんな立派な器でいただいている。

一茶は三十一歳の正月を肥後国、熊本の八代《やつしろ》正教寺で迎えていた。住職の文暁《ぶんぎょう》和尚は俳人としても知られた僧で、一茶を暖かくもてなしてくれた。静かな僧坊で、住職の心遣いの雑煮をしみじみと味わい、感謝を込めて「君が世や」と住職の新年を言祝《ことほ》ぐ。

この句の背景には、『万葉集』の有間皇子《ありまのみこ》の歌、「家にあれば笥《け》に盛る飯《いい》を草枕旅にしあれば椎《しい》の葉に盛る」がある。旅ゆえに器もなく、椎の葉に盛って食べたという歌で、有間皇子は捕らわれ、護送されていく旅だった。

皇子は逆境にあり、一茶はありがたくも人情に包まれていた。

（「寛政句帖」寛政五年　一茶三一歳　文暁は芭蕉終焉の様子を描いた「花屋日記」の著者）

寐《ね》ころんで蝶泊らせる外湯《そとゆ》哉《かな》

「道後《どうご》温泉の辺《ほと》りにて」という前書きがあるから、俳諧行脚の一茶は、四国松山の道後温泉の外湯に、ゆったりとつかっているのだ。

リラックスして、気持ち良く寝ころんでいれば、蝶もまた、安心して一茶にとまる。肩なのか、頭なのか、ゆったりと寝そべる一茶に、ゆったりとまるチョウチョ。

こんな情景、めったにあることではないが、旅から旅の気苦労も疲れも、何もかも、温泉の湯にとけていく穏やかな時間。

道後温泉は古来、有名な名湯で、『源氏物語』にも登場する。「孤《みなしご》の我は光らぬ蛍かな」など一茶の『源氏物語』がらみの句もある。

（「西国紀行」寛政七年　一茶三三歳）

義《ぎ》仲《ちゅう》寺《じ》へいそぎ候《そうろう》はつしぐれ

義仲寺は木曽義仲が眠る寺。芭蕉は大坂で亡くなるが、遺言どおり、琵琶湖のほとり、大津の義仲寺に運ばれ、義仲のすぐ隣りに葬られている。

芭蕉七十回忌にあたる宝暦十三年から、毎年、芭蕉を慕う人々によって、命日の十月十二日に、義仲寺で時雨会《しぐれえ》が開かれていた。西国を旅していた一茶も、芭蕉翁の時雨会に間に合うよう、急ぎ義仲寺へと、馳《は》せ参じていく。

芭蕉に傾倒する一茶のひたむきな思いが、馳せ参じる彼の姿にそのまま焼き付いているかのように思われてくる。初しぐれも降って、時雨忌《しぐれき》と呼ばれる芭蕉忌にふさわしい日であった。

「芭蕉翁の臑《すね》をかぢ(じ)つて夕涼《ゆうすずみ》」は五十一歳の一茶。芭蕉を俳諧商売の飯の種にしてという句で、この頃ともなると、ひたむきさよりユーモアがにじむ。

（「しぐれ会」寛政七年　一茶三三歳）

今さらに別《わかれ》ともなし春がすみ

江戸に出た一茶が、俳諧を始めたばかりの頃からの親しい先輩に、馬橋《まばし》の栢日庵立砂《はくじつあんりゅうさ》がいた。今の千葉県松戸市の油問屋で、立砂は一茶をかわいがってくれた。行けばいつでも暖かく、まるでもう一人、故郷の父に加えて、江戸の一茶のすぐそばに親父がいる、そんな雰囲気があった。

一茶は三十七歳の春、まだ見ぬ甲斐や越《こし》の国の旅に出るからと、立砂の家に挨拶に寄った。会っていると、なんだか無性に別れにくく、「じゃあ」と、きっぱりと旅立つ気になれないのだ。立砂は、「今さらに」という一茶の句に、「又の花見も命也《いのちなり》けり」と付けてくれて、松戸の馬橋から竹の花まで送ってくれた。

そしてそのまま、春霞に一茶の姿が霞んでしまうまで、立砂は見送っていてくれたのだ。「また一緒に桜を！　命あればこそだよ、一茶さーん」

（俳文「挽歌」寛政十一年　一茶三七歳）

炉《ろ》のはたやよべの笑ひがいとまごひ

春、「今さらに別ともなし春がすみ」「又の花見も命也けり」と詠みあった一茶と庇護者の立砂。立砂は旅立つ一茶を途中まで見送ってくれたのだが、一茶はふと、立砂に老いの影を感じた。夏秋と旅し、もどってきた一茶は、さっそく立砂のもとへ顔を出し、元気で会えてよかった、よかったと、二人して喜びあった。

お久しぶり、ひさしぶりだなあ、と言いながら、旅の話で盛り上がり、笑って笑って、じゃあ、そろそろ寝るとしましょうか、また明日ゆっくりと。

そんな炉端のぬくもりに満ちた夜だったが、それが、この世の立砂との暇乞いになってしまうとは。立砂は病ではあったが、互いにつくづくと顔を見ては笑い、炉のぬくもりを分けあっては笑ったひと時、これこそ、仏のお引き合わせ、宿世のえにしというものなのか。寛政十一年十一月二日、立砂没。

（俳文「挽歌」寛政十一年　一茶三七歳）

春立《たつ》や四十三年人の飯《めし》

春が来て、新しい年のスタートにつけ、思うのは、四十三のこの年まで、まあ、よくも、他人様の世話にばかりなって、生きてきたものよということ。でも、人といい、他人といっても、一茶は親身な人に恵まれてきた。近くには耕舜《こうしゅん》がいる、呉服屋の松井も、一瓢《いっぴょう》もいる。馬橋《まばし》までいけば、立砂《りゅうさ》も息子の斗囿《とゆう》もいる、流山には双樹《そうじゅ》が、布川には月船《げっせん》がいる、守谷には鶴老《かくろう》もいる。江戸から海を渡って木更津に行けば雨十《うじゅう》がいる、富津には花嬌《かきょう》も子盛《しせい》も徳阿《とくあ》もいる。江戸の豪商、札差の夏目成美《せいび》は師匠格のお方だが、一茶も呼んでくれて、とことん俳句の話もできれば、すばらしくおいしい食事にも招いてくれる。人の飯とはいえ、俳句に結ばれた深い縁《えにし》に支えられていたのだ。新しい年もまたご馳走になろうっと。

（「文化句帖」文化元年　一茶四二歳）

艸花《くさばな》やいふもかたるも秋の風

前書きに、「十三日　百ヶ日　花嬌仏《かきょうぶつ》」とあり、花嬌の百か日法要にたむけた追善の句。花嬌は、千葉県の富津の名主、亡き織本嘉右衛門の妻で、立てば芍薬《しゃくやく》、座れば牡丹《ぼたん》ということば通りの目のさめるような美人だったという。亡き夫も、娘の婿も俳句をたしなみ、まわりには何人もの俳友がいた。

花嬌が元気なら、この季節、秋草の花が美しいと語り合い、良い句も生まれ出て、さすがは花嬌さんとほめ、一茶も良い句を詠むぞと力が入る。そんなひとときを、心から楽しんだものだった。だが、今、花嬌はいない。秋草の花が美しいと言っても語っても、さびしい秋の風ばかりが吹きすぎていく。

富津は、江戸から広々とした海を船で木更津まで渡り、そこからは陸路を歩いていく。楽しい旅だったものを。

（「七番日記」文化七年　一茶四八歳）

自画像

又ことし娑婆《しゃば》塞《ふさぎ》ぞよ艸《くさ》の家

生きているだけで、何の役にも立たない、ただ場所をふさいでいるだけの人間を娑婆塞《しゃばふさ》ぎという。一茶は、自分で自分を、娑婆塞ぎだなと思う。去年も今年も、もっと昔からも。俳句の師匠はそんなものとはいえ、貧乏すぎる草葺きの借家住まいは娑婆塞ぎの、ごくつぶし。なるほど、言えてるなと一茶は思う。

あるいは一茶、芭蕉の「草の戸も住替《すみかわ》る代《よ》ぞ雛の家」という奥の細道へ旅立つおりの名句を思ったかも知れない。芭蕉の暮らした風流閑雅な草の戸は、新しい住人にバトンタッチされて、家族のぬくもりに満ち、雛の祝いもにぎやかな明るい家へと変わっていく。

そんな変化、望むべくもない一茶ではあるが、それにしては明るいこの句の調子、一茶はめげもせず、苦にもせず。

（「文化句帖」文化三年　一茶四四歳）

松陰《まつかげ》に寝てくふ六十ヨ(余)州かな

松の木陰に、気持ち良く寝転んで、日々食っていける。安穏な天下太平の暮らしを、一茶ばかりでなく日本全国六十余州の人々が楽しんでいる。こう読むのが普通かもしれないが、芭蕉も作者の意図と異なった解釈もおもしろいという。

ではこの句、こう読むのはどうだろう。松の木陰に大の字に寝ころんだ一茶、寝ころべば、大空の限りない広がりが、なんと壮大なことか。実にいい気分である。この広い空、全部、俺のもんだと、大きな夢が広がっていく。

夢を食うというが、まだ見ぬ北海道も、長崎の海の向こうの壱岐島《いきのしま》も、夢を食うなら自由自在、六十余州を自在に歩きまわり、大空の下、日本全国、全部俺のもんだと大きな夢を食う。気分はじつに壮大である。

(「七番日記」文化九年　一茶五〇歳、信濃町柏原諏訪神社に立つ一茶句碑第一号)

ひいき目に見てさへ寒き天窓《あたま》哉《かな》

どう、ひいき目に見ても、寒々としたわが頭。

すっかり薄くなってしまった嘆きなのか、それとも、はげてきてしまったのか。しみじみ、年取ったなあと感ぜざるをえないわが頭なのだ。

「寒き」ということばがじつによく効いている。

わが姿なのだから、ひいき目に、甘く、やさしく、見てやってはいるのだけれど、どうひいき目に見ても、年老いた寒々とした頭というものだ。

一茶本人のつぶやきである。

一茶、かなり本気で年を感じているようだが、五十六歳のこの年、一茶は二番目の子の父となっている。


（「七番日記」文政元年　一茶五六歳）

目出度《めでた》さもちう位也《くらいなり》おらが春

五十七歳の一年をゆるやかにつづる句文集『おらが春』。「目出度さも」はその最初に置かれた新年の句で、おらが迎えた正月はほどほどのお正月、中位《ちゅうくらい》の、身のほど相応のおらが春、ありがたいや、という一茶。

じつはこの句の前に、こんな物語が置かれている。来世は極楽にと熱烈に思うお坊様が、自分で大みそかに、阿弥陀様になり代わって手紙を書き、小坊主に渡し、元旦の朝、届けさせた。「人間世界は苦しみに満ちている、早く阿弥陀の世界に来い」とのお手紙に、自作自演も忘れ、お坊様は嬉し泣きに泣く。

ところが一茶はいたって淡泊。どうせ、うちはぼろ家だから、門松も立てず、すすもはかず、今年の春も、すべて阿弥陀様にお任せで迎えたと、さらりと句の前に書き添えている。

（『おらが春』文政二年　一茶五十七歳）

ともかくもあなた任《まか》せのとしの暮

一茶は「めでたさもちう位也おらが春」で五十七歳の新年をスタートさせた。六月には愛する娘さとを、まだ数え二歳の、かわいい盛りで失う悲劇に襲われていたが、暮れを迎えた今、一茶は、何はともあれ、阿弥陀様、あなた様に、すべてをお任せして、年の暮れを迎えています、というこの句で、五十七歳の一年を書きつづった句文集『おらが春』をしめくくった。

来世、どこへ行くかは、人生の一大事、人々は極楽往生をひたすら願う。が、一茶は、わが身を阿弥陀様の前に投げ出して、死後どうなるかは、すべてあなた様のおはからい次第、地獄であっても、極楽であっても、阿弥陀様、あなた様のおはからい次第、どのようにでもなさってくださいと、すべてをお任せして、年の暮れを迎えていた。

（『おらが春』文政二年　一茶五七歳）

花の影寝まじ未来が恐《おそろ》しき

西行法師の「ねがはくは花のしたにて春死なむそのきさらぎの望月の頃」、この歌の願いどおり、西行は旧暦二月十六日に亡くなった。

だれもが知っている話かも知れない。俳句で生きる一茶はもちろん知っている。でも、一茶は、西行法師のように、二月の満開の桜の下で、満月のころに死にたい、とは思わない。

なぜなら一茶は、自分が田畑を耕しもせずに食べてきた、機織りの苦労もせずに着物を着てきた、と思っている。汗水たらして働くというが、そんなふうに、実直に働くこともせず、ずっと生きてきてしまったという自責がある。

そんな罰当《ばち》たりな人間が、死後、どこへ行くかは、明らかである。だから一茶は、花の陰で寝るまいと言い、死後の来世が恐ろしいからだと言うのだ。

（「文政九・十年句帖写」　一茶六五歳）

貧乏暮らし

わが春やタドン一ツに小菜《こな》一把《いちわ》

一茶の迎えたお正月はごくごく質素。

でもタドンが一つある。これで、ぬくぬくと、とはいかないまでも、ほんのり暖かく、それに菜っ葉もひと束、みずみずしい緑の春の菜が、ひと束もある、ありがたい新春だなあ。

ごくごく質素ではあっても、なぜか明るいこの句。

もしもこの句、「わが春はタドン一ツに小菜一把」と一字だけ変えたら、どうだろう。句の調子が、わずか一字で、「や」というか「は」というか、それだけで、明るいはずむ調子から、いささか沈んだ調子に変わってしまう。

一茶には俳句がある。貧乏、なにするものぞ。

（「文化句帖」文化二年　一茶四三歳）

秋の風乞食《こじき》は我を見くらぶる

一茶の姿を見て、乞食が、自分と、そこにいる一茶と、どっちが本物の乞食なのかと、はたと疑問に思う様子なのだ。乞食は、物乞いでやっと食べている、風呂にも入れず、着る物はもちろん着たきり雀、汚れきっている。一茶は、乞食以上に乞食っぽかったのだろうか。秋の風が吹けば袷《あわせ》にかえる江戸の町、一茶は、乞食にしげしげと見つめられるような格好をしていたのだろうか。なにしろ、ものぐさ、布団は敷きっぱなし、蚊帳は釣りっぱなし、洗濯しようとか、ほころびを繕おうとか、面倒なことは後回し。

まめなのは次々に生まれてくる俳句を次々に書くこと、文章も思いつけばさらさらと書く、こちらはいたってまめなのだが。

（「文化句帖」文化元年　一茶四二歳）

椋鳥《むくどり》と人に呼《よば》るゝ《る》寒《さむさ》哉《かな》

農閑期に入る冬、江戸へと大挙して出稼ぎに出てくる信濃の人々。暮らしのために江戸の町へと働きに来るのだ。

そんな信濃の人を、椋鳥と呼ぶ江戸の人がいる。

もしも椋鳥が、白鳥や雁のように、美しい愛される鳥なら、そう呼ばれてもうれしいだろうが、椋鳥は残念ながらそうではない。人の暮らしのそばに入り込み、群れる姿も、鳴き声もうるさい。

もし椋鳥と、江戸の人にいわれたら、垢抜けない田舎者、そんな目で見られているのかと苦しさを感じてしまうだろう。

信濃の冬は寒いけれど、江戸の冬はもっと寒い。

（「八番日記」文政二年　一茶五十七歳）

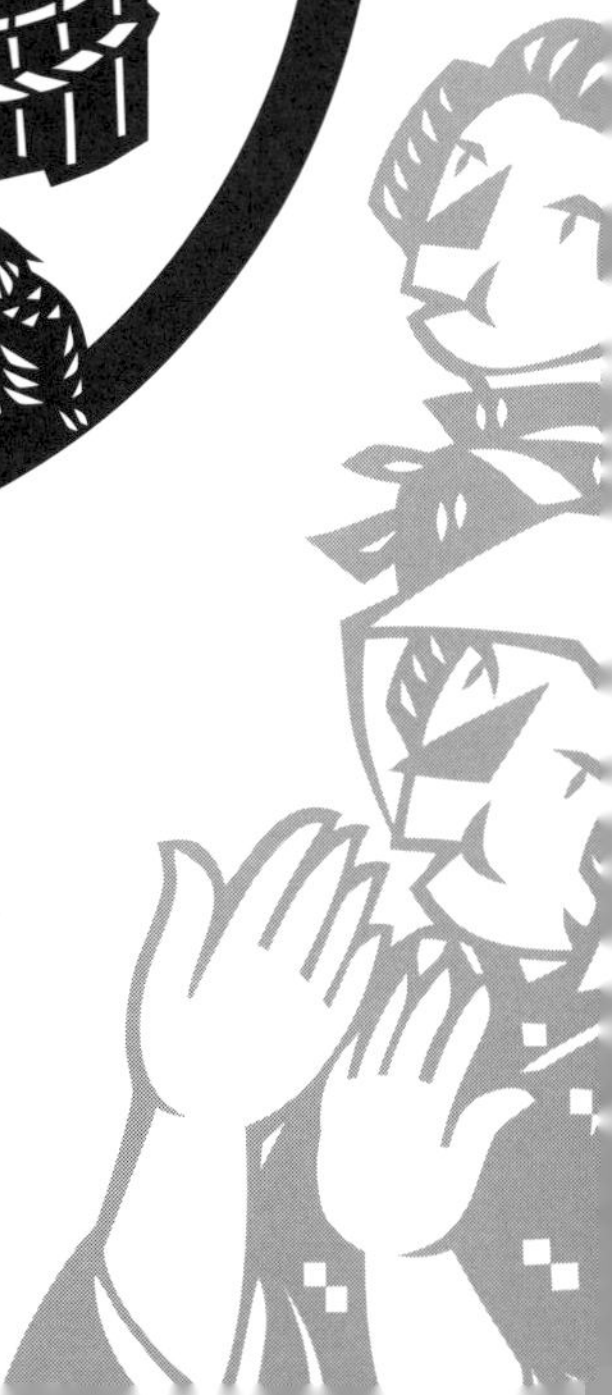

餅の出る槌《つち》がほしさよ年の暮

ひと振り振れば、餅が出る、そんな打ち出の小槌《こづち》がほしいなあ、もう年の暮れだというのに、一茶はまだ正月の餅の用意もできていない。打ち出の小槌があればと、まるで子どものように、餅の出る小槌を空想する。

昔話の一寸法師は、一寸しか背の高さがない男の子。都へ上って、小さいながらも鬼退治に活躍し、鬼が投げ捨てて逃げた打ち出の小づちを振るたびに、小さな一寸法師の背が伸びて、立派な大人になったという昔話だった。

欲しい物の名を唱えて振ると、それが次々に出てくるといった昔話もあるようで、まだ、正月の餅の用意ができていない一茶は、振れば餅が出てくる、そんなささやかな打ち出の小槌を、ふと思う。

（「文化句帖」文化二年　一茶四三歳）

生きもの

(い)ゆうぜんとして山を見る蛙哉《かな》

「悠然として山を見る」といわれると、どうしても中国の詩人陶淵明を思い出してしまう。彼は下級貴族の出身で、生活のため、何回か官途についたが、どうしても肌に合わず、「帰りなんいざ」と故郷に帰り、「悠然として南山を見る」と詠《うた》って田園生活を送った。

陶淵明のように、この蛙も、悠然として山を見る。ただ、俳諧の蛙は、陶淵明とちがって、はじめから、出世も生活も気にしていない。

一茶は五十歳の暮れに、江戸の暮らしを卒業、故郷柏原に帰ることを決意。五十一歳の春、父の残した家や田畑を、弟と半分分けすることが決まった。

悠然として山を見る蛙の姿は、一茶のようにも思えてくる。いや、そうありたいと願う一茶の姿であろうか。

(「七番日記」文化十年　一茶五一歳)

痩蛙《やせがえる》まけるな一茶是《これ》に有《あり》

一茶独特な、小さなもの、弱いものを応援したくなってしまう性分が、自ずとこの句にもある。むさしの国の竹の塚というところに、蛙の戦いがあると聞いて見にいった、四月二十日だった、そんな前書きもある。

竹の塚は東京都足立区。今はビルが林立し、田んぼの広がる世界は全くないが、一茶の頃は一面の田んぼだった。カエル合戦の話を聞いた一茶は、生存競争をかけた雌をめぐる雄ガエルの戦いを見に行った。一茶は不思議に、強い雄ではなく、やせっぽちのカエルの方を応援したくなってしまうのだ。

一茶の弱いものびいきはいつものこと。おそらく一茶は痩蛙に自分を重ね、さらには自分だって頑張ってきたのだから、おまえも頑張れと声援を送っている。

（「七番日記」文化十三年　一茶五四歳）

鴈《かり》よ厂《かり》いくつのとしから旅をした

「雁《かり》よ、雁、おまえはいくつの年から、旅をしたんだアー」

はるか北の国から、この日本へと渡ってくる雁。山を越え、海を渡り、旅の苦労はなみたいていではない。一茶も人一倍、旅の苦労のわかる人間だった。

「雁よー、おまえさんは、いくつの年から旅をしてきたんだアー」

一茶の旅暮らしは十五の時に始まった。北の信濃から、東のお江戸へと。それからは五十の年まで、ずっと旅暮らし。楽しいことももちろんあるが、苦しいこともないわけではなかった。

なんだか一茶の呼びかけ、切ないような、共感と友情に満ちて聞こえてくる。「雁よー、おれも、同じなんだア！」

（「七番日記」文化十三年　五四歳）

雀の子そこのけ〳〵《そこのけ》御馬が通る

大きな馬が来るのも知らず、遊んでいる雀の子。ほら、危ないぞ、そこを、よけろ、のけ、のけ、お馬が通るぞ、お馬が。

一茶のこの句、「のけ」という意味がわかっても、わからなくても、一度聞いたら忘れられない、伸びやかに繰り返すリズムと優しい心。

大人の一茶が、大きな馬が歩いてくるのも気付かず、チュンチュンやっている子スズメに、ひと声かけた、そんな情景も楽しいし、子どもが竹馬に乗って遊んでいる情景を思うのも楽しい。

子どもは竹馬に乗って得意になっているのだろう。スズメの子、そこのけ、そこのけ、僕のお馬のお通りだぞ、どけ、どけと。

（『おらが春』文政二年　一茶五七歳）

大螢ゆらり〳〵《ゆらり》と通りけり

大きな蛍がゆらりゆらりと通っていった。

ホタルといえば、美しくはかない。そんなイメージがあるが、一茶のこの句のホタルは、堂々たる、いわばホタルの中の横綱格、大ボタルなのだ。

もちろん風に流されるなどという、そんなケチなことはしない。まるで露払いでも従えた横綱のように、大きな体躯をゆらりゆらりと揺るがせながら、通っていった。

この大蛍とは全く逆の「痩《やせ》蛍ふはり〳〵《ふはり》とながらふも」も一茶。痩せこけたホタルは、風のまにまに流され、流されながら、ほそぼそ生きている。

一茶より前の俳人たち、こんな両極のホタルに、目をとめただろうか。

（『おらが春』文政二年　一茶五七歳）

まかり出《いで》たるは此藪《このやぶ》の蟇《ひき》にて候《そうろう》

まかり出でたるは、このヤブのヒキガエルにて候《そうろう》。

まるで狂言のセリフそのままのような、この句。しかも、登場してくるのは、堂々たるヒキガエル。カエルの中でも、もっとも堂々とした風格で、のっそりと登場してくる。さて、おもむろに挨拶の口上を。「まかり出たるは」とまず辺りをにらみ、一呼吸おいて、「この薮の主《ぬし》、ヒキにて候」と名乗りをあげる。

狂言師なら、へりくだって登場し、笑いをとるセリフなのだろうが、ヒキガエルは、あたりを睥睨《へいげい》しながら、ひと足、またひと足、大物登場という雰囲気に、時代がかった狂言のセリフがまことに妙。

京都の高山寺の「鳥獣戯画」では、カエルは鎮座するご本尊、袈裟を着たサルの僧侶がうやうやしく拝んでいる。そんな情景もふと浮かぶ。

（『おらが春』文政二年　一茶五七歳）

蟾《ひき》どの丶《の》妻や待《まつ》らん子鳴《なく》らん

どっしりと、現われ出でたる蟇《ひき》どの。

ヒキガエルと呼ぶのは、この堂々たる風貌にふさわしくない。ここはやはり「ひき殿」と、「殿」を付けてお呼びしたい。

とはいえ、「ひき殿」、「ひき殿」はもうお帰りですか。さようですか、奥方もお待ちでしょうし、お子さんも鳴（泣）いておられましょう。

一茶のこの句、山上憶良《やまのうえのおくら》を思い出させる。「憶良らは今は罷《まか》らむ子泣くらむそを負《お》ふ母も吾《わ》を待つらむぞ」と挨拶して、一足先に宴会を失敬した万葉歌人憶良。子どもが大事、妻が大事という憶良に対し、「ひき殿」は堂々として自らは何も言わず、他をして、推察せしむる。その呼吸がおもしろい。

（「八番日記」文政二年　一茶五七歳）

我《われ》と来て遊べや親のない雀

一茶は、一羽きりで、ぽつんとしている子スズメを見付けて、守ってくれる母雀がいないんだ、自分と同じ、ひとりぼっちなんだと思った。

さあ、ここにおいで、我と一緒に遊ぼうや、親のないものどうし、仲良く遊ぼうやと声をかける。まるで同じ人間同士のように。

この句には、前書きがあって、親のない子はどこでも知れる、爪《つめ》をくわえて門に立つ、と子どもたちに歌いはやされるのも心細く、一人離れて、家の裏の畑の、木や萱《かや》など積んである片隅にちぢこまって、長い一日を暮らした、わが身ながら哀れだった　六才弥太郎、と書き添えてある。弥太郎は一茶の幼名。

文政元年の句に「春立つや弥太郎改め一茶坊」。


（『おらが春』文政二年　一茶五七歳）

やれ打《うつ》な蠅《はえ》が手をすり足をする

最近は、ハエも少なくなった。ハエを追い払いながら食事するなど、まったくなくなったから、若い人は、ハエが六本の細い手足を、こすり合わせる様子を間近で見たことがないかもしれない。

一茶の時代はハエも、カも、シラミやノミも、日常茶飯事。見れば、叩く、それが当たり前の付き合い方なのに、一茶は、ハエが手足をこすり合わせる姿に、打たないで、殺さないでと拝んでいる訴えを感じ取った。だから、おい、ハエを叩くなよ、手を合わせて、命乞いしているじゃないかという。

小さなハエの哀れのわかる一茶が、「古郷《ふるさと》は蠅迄《まで》人をさしにけり」と句にしたことがある。遺産相続でもめていたころの痛みを思い出してのことだろうか。

（「梅塵本八番日記」文政四年　一茶五九歳）

門《かど》の蝶《ちょう》子が這《は》ひ《（へ）》ばとびはへばとぶ

門のところへ、ひらひらと、飛んできたチョウ。なんでも動くものが大好きなおさなごはチョウチョをつかまえたくて、一生懸命、はっていく。ひらひらと飛んではとまるチョウ。つかめそうなのに、子がはっていくと、ひらっと飛ぶ、また、はっていくと、ひらひらっと飛ぶ。つかめなくても、飽きることのなく、はっていく、おさなごの、ひたむきな好奇心。チョウもまた、一緒に遊ぶかのようにひらひらと。

この子は金三郎。一茶、六十歳の三月に生まれた四番目の子で、母のきくが病気になったため、他所へあずけられていた。チョウチョと追いかけっこの時は、数え二歳だった。

（「希杖本一茶句集」文政六年　一茶六一歳）

猫の子がちよいと押《おさ》へるおち葉哉《かな》

かわいい小さな猫の子。好奇心旺盛で、次々に何か見つけては、手をちょいと出し、さわったり、離したりと、楽しく遊びたわむれる。

その子猫の手つきが、またまたかわいいのだ。

動くものは特に興味しんしん。風に舞う落ち葉の軽やかな動きは、子猫の心をそそる。愛らしい前足を、ちょいと伸ばして落ち葉をちょいと押さえる。ちょいと離してもみる。落ち葉は軽やかに、猫の子が手を離した、それだけの動きでもひょいと動く。風がひと吹き、吹いてくれれば、軽やかな音でもたてそうに舞っていく。飛び跳ねるように追いかけて、またちょいと押さえる猫の子。

猫好きの一茶には子猫の句も多い。

（「七番日記」文化十二年　一茶五三歳）

子ども

柳からもゝ《もも》んぐわとて出る子哉《かな》

子どもは、人をびっくりさせることが大好きだ。この子のように、「モモンガア」と言いながら、柳の木の影から、飛び出して、びっくりさせることもある。「モモンガア」になりきった子は、頭から着物をかぶり、手足を広げてひじを張り、目や口も大きく広げた怖い顔をして、「モモンガア」と大声あげて飛び出してくる。

「おばけだぞー」と言って影から飛び出すこともあれば、

おどかされた子がびっくり仰天して大騒ぎしてくれれば、もうラッキー。いつも子どもは無我夢中、おどかす方も、おどかされる方も、真剣そのもの。泣いたり笑ったり、喧嘩したり仲良く遊んだり、一瞬一瞬を全身で楽しんで育っていく。そんな子どもが一茶は大好きだった。

（「七番日記」文化十年　一茶五一歳）

あの月をとつてくれろと泣《なく》子哉《かな》

きれいな夜空に浮かぶ月。小さな子どもが、そのきれいな月がほしくて、「あの月を、とってちょうだい」といって泣いている。

美しく輝く月はすぐそばにあるように見える。小さな子は手を伸ばしてみる。でも、とれないから、「とってちょうだい」というのだ。が、こればかりは、いくら可愛い子のためであっても、どうしても、とってやるわけにはいかない。「だめだよ、無理だ、とれないよ」と言っても、納得できない子どもは、わんわん泣いて、「とってちょうだいよー」と泣き泣きねだる。

「名月を」や「明月を」という句形も残るが、子どもなら、絶対に「あの月」と言ってねだると思う。


（「七番日記」文化十年　一茶五一歳）

あこが餅〳〵《あこが餅》とて並べけり

餅つきの日、杵の音もにぎやかに、搗《つ》きあげていく男たち。つきあがった餅を、クルクル丸めていく女たち。そのそばで、「これも、わたしの餅、これも、わたしの餅」と言いながら、並べていく幼い子どもの愛らしさ。

小さな子どもが、自分のことを「あこ」といった江戸時代、一茶の故郷の柏原でも、子どもたちは、「あこ」「あこ」と自分のことを呼んでいたのだろうか。

この句が生まれた時、一茶は五十一歳、まだ結婚もせず、わが子にも恵まれていない。それから六年、句文集『おらが春』に、もう一度、この句をのせた時、一茶には、かわいいわが子のさとがいた。

さとも、あこが餅、あこが餅と言いながら、並べていたのだろうか。

（「七番日記」文化十年　一茶五一歳）

御雛《おんひな》をしやぶりて這子《はうこ》哉《かな》

三月の雛の節句に大切に飾るおひな様。

祝いもし、祝われもし、大切に女の子の成長を祈る雛の祭りのおひな様。

でも小さな子は、ハイハイできるようになったばかりのおさな子は、おひな様を、しゃぶりたいのだ。しっかりと、口でしゃぶって、確かめる。

そうやってこそ、豊かな、おさな子の人生。

一茶は、大切に飾り、大切に祝いたい大人の思いも、もちろん、わかる。けれども、しゃぶってこそ、生きがいと、はっていくおさな子の姿も、なんとかわいいものかと思う。

親の体験があろうと、なかろうと、おさな子はだれにとっても宝物。


(「七番日記」文化十一年　一茶五二歳)

わんぱくや縛《しば》れながらよぶ螢《ほたる》

わんぱくって、いいなあ。

大人の話が聞けないというわけではない。けれども、もっと自分のやりたいことがある。すなおに自分の心に従えば、どういうわけか、叱られて、「このわんぱく者が！」と、木にしばられてしまう。

もう夕暮れが近づいて、そろそろホタルも飛ぶころだ。このわんぱく者、「ホーホー、ホータル来い」とホタルを呼ぶのも大好きで、縛られても、めげず、気にせず、「ホー、ホー、ホータル来い」と呼んでいる。

大人は、わんぱくなわが子をしばったことを忘れて、働いているのか。めげないわんぱくと、忙しい大人。これもまた、人生のおもしろみ。


（「七番日記」文化十三年　一茶五四歳）

子宝がきやらきやら《きやら》笑ふ榾火《ほたび》哉《かな》

子宝は宝物のように大切に思うわが子のこと。子どもが元気にきゃらきゃら笑えば、それだけで、家全体が明るくなる。あたたかく、幸せな思いが、子の笑い声とともに家中にあふれていく。

そんな情景が一番ふさわしい榾火《ほたび》はイロリの火のぬくもりだと思う。「ほた」は、かまどやいろり、それにたき火で焚く枯れ枝や小枝などのことだが、子どもの明るい笑いがあふれる場としては、やはり座敷の中心にあるイロリのまわり。家族が朝に晩に集まり、食事もすれば、一休みのお茶の時間にもなる。

家族団らんの中心にあるイロリの榾火《ほたび》のぬくもりと、子宝の明るいキャラキャラと笑う声と、家族の幸せを十七文字で言い尽くすとしたら、この句のこの情景、抜群ではないか。

（『おらが春』文政二年　一茶五七歳）

這《は》へ笑へ二《ふた》つになるぞけさからは

ほら、さと、ハイハイしてみろ、笑ってみろ、二つになるんだぞ、今朝からは。

かわいい、かわいい娘さと。去年の五月に生まれ、いっぱい、おっぱいを吸って、ぐんぐん育っている。お正月を迎えたこの日、数え年の昔は、みんないっせいに一つ年をとった。だから、さとも二歳。

大人と同じ一人前の雑煮膳を、さとの前にも出してやり、さあ、笑って見せろ、はって見せろと、一茶はうれしくて仕方がない。

一茶はもう五十七歳になる。五十二歳で、きくと結婚し、五十四歳で初めて父となれたが、長男はひと月たたずに亡くなった。それだけに、元気なさとの、二歳の正月が、うれしくて、かわいくてならないのだ。

（『おらが春』文政二年　一茶五七歳）

露の世は露の世ながらさりながら

一茶の娘さとはいつも元気に動き回っていた。母親は、遊び疲れて寝ている間だけが正月だといいながら、目が覚めればすぐ抱きに行き、お乳を飲ませれば、スハスハと幸せいっぱいお乳を飲んで、ニコニコ笑う。

そのさとが、天然痘に取りつかれ、見ているのもつらいほど苦しみ、もうじき、かさぶたが取れれば元気になると、必死に祈り、疱瘡《とうそう》の神を、送り出すまじないもしたのだけれど、日に日に弱り、昨日よりは今日はとさらに弱り、祈りのかいなく、六月二十一日、朝顔の花とともにしぼんでいった。

この世は、消えやすい露のようにはかないもの。そうつねづね教えられてきた露の世ではあるのではあるけれど、そうではあっても、しかしなあ……。

（『おらが春』文政二年　一茶五七歳）

頬《ほほ》べたにあてなどしたる真《ま》瓜《くわ》哉《かな》

「さと女《じょ》笑顔して、夢に見へけるま《ま》ゝを」を詠《よ》んだという一茶。

亡くなったさとが、ニコニコ顔で、一茶の夢に現れた。黄色い大きなマクワウリを、ほっぺたにくっつけて、うれしそうに笑っている。

一茶もニコニコ笑う。

さとは、嬉しがって、きゃらきゃら笑う。

なんと、かわいい笑顔だろう。

ほら、さと、マクワウリ、むいてやるぞ、父ちゃんがむいてやる。

さとは、きゃらきゃらと笑って、ぎゅっとほっぺにマクワウリをくっつける。

だが、夢だった……夢だったのだ……さとはもういないのだ……。


（『おらが春』文政二年　一茶五七歳）

陽炎《かげろう》や目につきまとふわらひ顔

春のかげろうが揺れている。暖かに揺れるその中に、かわいらしい一茶の子どもの笑い顔。楽しげに、ゆらゆらと、次男石太郎の笑顔もゆれている。一茶の目から片時も離れない、おさな子の笑顔。

一茶は五十二歳という遅い結婚にもかかわらず、女房のきくが次々に子どもを生んでくれた。けれども、長男の千太郎も、長女のさとも、一茶に幸せを振りまきながら、みんな短いこの世の命だった。

そして生まれた次男の石太郎、かげろうの揺れる中、にこにこ笑う笑顔の石太郎もまた、なんと短い命だったことか。親子三人、川の字になって寝る夢も、赤い花をここにある、ここにもと探す石太郎の姿も、盆踊りを踊る楽しい夢も、陽炎《かげろう》のように、はかなくも消えた。

（俳文「石太郎を悼む」文政四年　一茶五九歳）

膝《ひざ》の子や線香花火《せんこうはなび》に手をたゝく

夏の夜、おさな子はまだ危ないので、膝にだいて、線香花火を楽しむ。線香花火はちいさくても、華やかに、パッパッパッという音とともに四方八方、火花を飛ばす。

子どもはきゃっきゃっと喜んで、小さな手で、パチパチと手をたたく。花火のにぎやかな音に、子どもが手をたたく小さなかわいらしい音。

一茶はちいさな子のかわいさに心が揺すぶられる。自分の子であっても、近所の子であっても、膝に抱かれた、おさな子が、線香花火をおもしろがって手をたたく姿は、命のかがやき。おさなごも幸せ、大人も幸せ。

（「八番日記」文政四年　一茶五九歳）

故郷

初夢に古郷《ふるさと》を見て涙哉《かな》

遠い長崎で、一茶が見た初夢は故郷の夢だった。涙があふれてきた。

思えば一茶、故郷を出たのは十五歳だった。それからずっと江戸で貧しく暮らし、西国へと旅立つ一年前、十四年ぶりで故郷へ顔を見せに行った。

父も継母も喜んで迎えてくれて、西へ旅するつもりなら、京都の西本願寺へ代参を頼む、と父から託されてもいた。

京の都は夏木立の季節だった。一茶は、更に西へ、大坂、四国、九州へと足をのばし、行く先々で、思いがけず親切な俳諧好きな人々に迎えられていたが、それでも、故郷なつかしさは、一茶の中で、いつの間にかふくらんでいたのだろう。思いがけずも初夢となってあふれ出たのだった。


（「寛政句帖」寛政六年　一茶三二歳）

古郷《ふるさと》やよるも障《さわる》も茨《ばら》の花

一茶は、父の七回忌や、祖母の三十三回忌などのたびごとに、江戸から故郷の家に帰っていった。そこに父はもういない。故郷の野バラは美しいけれども、トゲがあった。継母や弟の仙六は、近寄っても、さわっても、野バラのトゲのように、トゲトゲと、痛い思いを一茶にさせた。

父は、財産は兄弟で半分分けと遺言を残していた。父には、十五で長男一茶を江戸に出したすまなさがあった。息子の行く末を思い、江戸で老いるより、故郷へ帰れる道を開いておいてやりたかった。

一茶も遺言どおり、帰りたいのだ。しかし、継母や弟からすれば、長年、働いて増やしてきた田畑である。それを半分分けとは納得がいかない。

故郷の花はなつかしいが、遺産分けのゴタゴタが、トゲトゲと一茶をさす。

（「七番日記」文化七年　一茶四八歳）

是《これ》がまあつひの栖《すみか》か雪五尺

降るわ、降るわ、積もった雪はもう五尺。これがまあ、自分の選んだ、人生最後の日々を送る住まいだったのか、こんな豪雪の地がなあ。

江戸に出てから三十五年、一茶は五十歳の十一月、故郷にもどってきた。人生の晩年を、江戸ではなく、生まれ故郷の柏原で暮らすことに決めたのだが、一茶のふるさと柏原は新潟との県境に近い。なかなかもって、なみたいていではない豪雪地帯である。

少年だったころの一茶には、どんどん降ろうが、どかどか積ろうが、ちっとも苦にならなかった。それが今、五十歳という年になってみると、一茶はドカ雪にあきれ、圧倒されている。

(「七番日記」文化九年　一茶五〇歳　前書に「廿四晴、柏原ニ入《いる》」)

ほちや〳〵《ほちや》と雪にくるまる在所《ざいしよ》哉《かな》

「ほちゃほちゃ」という言葉の響き、いかにも柔らかで、ふっくらとして、ふんわり真綿にくるまった、ぬくもりの感じに包まれる。

「在所《ざいしょ》」という響きもあたたかい。意味だけなら、故郷と同じことなのだが、「在所」には、独特のぬくもりがある。田や畑の広がる「在所」、自然豊かな、秋の実りに恵まれた「在所」、冬は冬で、のんびり、ゆったり、ほちゃほちゃの雪にくるまれて、楽しいコタツ話の冬ごもり。

それにしても、一茶がこの句においた「ほちゃほちゃ」ということば、「在所」という選択、「雪にくるまる」という言い回しもまた、まことめでたい、ぬくもりのある「冬」の表現ではないか。

（「成美評句稿」文化九年　一茶五〇歳）

雪とけて村一ぱいの子ども哉《かな》

どんどこ降り積もる長い冬、ようやく雪がとけた、やっと春が来たのだ。子どもは風の子。元気に遊びまわり、雪が降れば、大喜びで外に飛び出していくものだが、豪雪地帯の雪は半端ではない。どこもかしこも雪にうもれて、元気いっぱいの子どもですら、そうそう外には飛び出せない。

それほどの雪がとけたのだ。春が来たのだ。子どもたちが、村じゅう、どこもかしこも、元気な声をあげて、走りまわっている。

「雪とけて　村いっぱいの　子どもかな」

これ以上の句があるだろうか。雪国の春の喜びを、ようやくもどってきた春の楽しさを、ほのぼのと、しかもずばりという。

「雪とけて町一ぱいの子ども哉」も一茶の句、お好みはどちら？


（「七番日記」文化十一年　一茶五二歳）

雪国や土間《どま》の小すみの葱畠《ねぎばたけ》

深く雪に埋もれる地域では、冬を越す野菜を畑に植えたままにせず、雪囲いをしたり、室《むろ》にしまいこんだりする。そうやっておけば、冬の間も雪から掘り出す困難もなく、新鮮な野菜を食べていける。

一茶の故郷柏原では、どこの家にも土間がある。雪深い冬の間に食べるために、土間の隅っこにネギをまとめて置いて、土をかけて保存していたのだろう。まるで、土間の隅にネギ畑ができたような、そんな冬越しの風景。

「北国やいろりの隅《すみ》の葱畠《ねぎばたけ》」も一茶。大きな農家のイロリなら、イロリの隅にも、ネギを囲っておけたのだろう。

雪国の暮らしの知恵というものか、ネギの緑がうれしくなる。

（「文政句帖」文政五年　一茶六〇歳）

父母

父ありて明《あけ》ぼの見たし青田原《あおたはら》

父が元気でいてくれて、父と一緒に、この美しいあけぼのの、青々とした田んぼを見たかった。今日は父の初七日なのだ。

田んぼは父の人生だった。毎年、春は田植えにはげみ、夏は美しい青田のそよぎを、秋は黄金のみのりを眺めてきた父だった。一茶は十五歳で江戸に出され、俳句の友や門人らの間を旅してまわる暮らしだったが、なんという親子の縁《えにし》か、父が傷寒《しょうかん》で倒れたのは、一茶がたまたま故郷へ帰って来ていた時だった。

傷寒は腸チフス、重病だった。一茶は、田畑に忙しい継母や弟にかわって、父の枕元につききっきりで看病していた。なんとか元気にという願いはかなわなかったが、父は亡き後のことまで考えて、一茶と弟と、田を半分分けにする、帰ってこい、嫁をもらえ、と遺言状を残してくれた。

（「父の終焉日記」享和元年　一茶三九歳）

亡母《なき》や海見る度《たび》に見る度《たび》に

一茶は三歳で生みの母を亡くしている。幼すぎる別れだったが、母への思いは、海を見るたびごとに、しみじみと湧いてくる。果て知らぬ海の広がりは、限りない母の愛そのもの。

母がいれば、母のふところに抱きとられていたであろう。そんな思いが、広やかな海を見るたびごとに、揺れて動いて、一茶は亡き母を恋う。

一茶は十四歳で育ての親の祖母も亡くし、十五歳で、信濃の柏原から江戸に奉公に出て、長年、江戸の海を眺めて暮らした。旅先の九州や四国でも海を眺め、江戸から上総へと海を渡ってもいった。なかでも上総の富津《ふっつ》、花嬌《かきょう》の家からは海が見え、花嬌自身が母なる海のように懐《ふところ》の大きな人だった。

どこの海であっても、海を見ればいつもしみじみ、一茶は母を恋う。

（「七番日記」文化九年　一茶五〇歳）

蚤《のみ》の迹《あと》かぞへながらに添乳《そえぢ》哉《かな》

幼い子をもつ母親は忙しい。なにしろ幼い子は一日中、動き回って、次々に、何か見つけては大騒ぎになる。ワンワンでも、カアカアでも、風車《かざぐるま》を見れば欲しがるし、障子の紙が破れれば、おもしろがって次々にむしる。仏壇のチンが鳴れば、急いで仏様にナムナムと、何にでも好奇心旺盛に動きまわる。母親がほっとできるのは子どもが眠った時ぐらいなのだ。じつはその間も、おむつを洗ったり、部屋をかたづけたり、ご飯の支度をしたりと忙しい。泣き声がすれば、直ぐに行って抱いてやり、おしっこをさせて、さて、添え乳。夢中で吸っているわが子に寄り添って横になり、なでてやりながら、まあ、こんなにノミにかまれてなどと数えている。なかなかに母は忙しいのである。

（『おらが春』文政二年　一茶五七歳）

母馬が番して呑《のま》す清《し》水《みず》哉《かな》

自分のことより、小さなわが子のことをまず第一にする母の姿は、人間ばかりではなかった。母馬もそうだった。牧場の、こんこんと湧く清らかな清水を、わが子に、飲みたいだけ飲ませてやる。もしもの危険がないように、母馬はしっかりと番をして、存分に飲ませてやるのだ。

この句、『おらが春』にものせ、「小金原」と前書きをつけているから、江戸に暮らしていたころの思い出の句。小金原は千葉県松戸市にあり、幕府の広い牧場があった。長さ四十里もあると一茶は「寛政三年紀行」に書いている。

松戸の馬橋から利根川沿いの布川あたりは、一茶が俳友を訪ねてしばしば通った道だから、牧場の思い出も深く、母子の馬の姿も思い出とは思えないあざやかさで一茶の心をゆさぶった。一茶は娘さとを亡くしたばかりだった。

（「八番日記」文政二年　一茶五七歳）

善光寺

春風や牛に引《ひか》れて善光寺

「牛に引かれて善光寺参り」ということわざがある。仏様などありがたいとも思わない老婆が、自分の干した布を、角に引っかけ走り去る牛を、欲の一念で懸命に追いかけ善光寺に、その縁で、深く信心するようになったという。

この有名なことわざを、そのまま、俳句に置いて、新しく加えたのは「春風や」だけ。それだけで、不思議にのどやかな気分に包まれてしまう。

ことわざは、どこかせわしなく、教訓臭さもあるけれど、一茶の句は、のんびりした牛の歩みに身をまかせ、やわらかな春風を楽しみながらの善光寺。めんどうな娑婆《しゃば》暮らしの苦労など全部放り出して、いいものですね、春風に誘われての善光寺参り。この句碑、善光寺境内にある。

（「七番日記」文化八年　一茶四九歳）

そば時や月のしなのゝ《の》善光寺

新ソバのおいしい信濃、月の美しい信濃、そしてなにより善光寺。信濃の国の名だたる物を三つ並べただけで、句にしてしまう一茶。

この句、善光寺の東の、千曲川に近い長沼地区でよんだという。長沼地区は一茶との縁がたいそう深く、門人も二十名を越え、滞在日数も六六四日とも言われ、このごろの調査ではその日数が少し増えているようなのだ。

「信濃では月と仏とおらが蕎麦」も一茶の句として、かなり知られ、愛されてきたが、この句は一茶の句ではなかった。明治になって一茶の顕彰に尽力した中村六郎の作か?とも言われるが、六郎は一茶と同じ柏原の出身。

さて、どちらの句がお好みだろうか。

（「七番日記」文化九年　一茶五〇歳）

開帳《かいちょう》に逢ふや雀もおや子連《づれ》

「善光寺」と前書きがある。江戸時代、善光寺の御開帳は七年に一度と決まってはいなかった。江戸大坂など、よその都市への出開帳《でがいちょう》もあれば、信濃の善光寺本堂での開帳もあった。どちらにしても、御開帳に出会う喜びは大きいが、この句の一茶、親子連れの参拝に心ひかれ、スズメまで親子連れだと目をとめる。

この句が生まれた文政元年、一茶は最初の子を亡くしていたが、五月に二人目のさとが元気に生まれてきた。大きな泣き声も、お乳を夢中で吸う姿も、笑い顔も、なんとかわいいことか。

親子の愛に目覚めた一茶は、御開帳を思っても、親子連れの参拝に心ひかれてしまう。この子を連れて、善光寺の御開帳に行きたいものだ、抱いていこうか、手を引いて一緒に歩こうか。

（「七番日記」文政元年　一茶五六歳）

陽炎《かげろう》や手に下駄《げた》はいて善光寺

ゆらゆらと、かげろうの立つ春が来た。

長々続いた雪道も、泥んこ道も、もうおさらばだ。

かげろうが暖かく揺れれば、心も体も、春の喜びにゆりうごかされて、もう下駄なんてはいていられない、ぽーんとほうって、はだしで歩いていく。足の裏に、じかに感じる春の土のぬくもり、気持ちいい！

ポーンとほうったゲタは、ぶらぶらと、ぶら下げたりはしないのだ。ぴったりと手にはかせて、善光寺へとお参りに。

前書きもあっていろいろ解釈はあるようだが、子どもたちの楽しくはしゃぐ善光寺参りのようでもあり、子ども心いっぱいの一茶の姿のようでもある。


（「八番日記」文政二年　一茶五七歳）

近づきのらく書《がき》見《え》へて秋の暮

一茶が、善光寺にお参りに行くと、本堂の柱に落書きがあった。なにげなく眺めた落書きに、なんと、一茶の知り合いの名前があるではないか。

その知り合いたるや、もう三十年近くも前、九州の西の果て、長崎で出会った友だちだった。一茶はそのころ、俳諧修行で、九州各地を歩き、暮れに長崎に着いて、三十二歳の正月を長崎で迎えていた。その時、近づきになった、あの彼に、この彼。一緒に同じ鍋の物をつつき、いろんな話で盛り上がったなつかしい友。あたたかい思い出が一茶の心にあふれてくる。

今や季節は秋の暮れ。一茶ももう六十歳、人生もまた秋の暮れという時に、思いもかけぬ、青春の長崎の、友の残してくれた落書きだった。

なお、今、落書きは禁じられています。

（『一茶発句集（文政版）』文政五年　一茶六〇歳）

長崎

絶景

三文《さんもん》が霞見にけり遠眼鏡《とおめがね》

三文払うと、遠眼鏡で風景を見せてくれる。一茶も三文払い、遠めがねをのぞきこむが、見えたのは春の霞ばかりだった。

一茶のころに、もう観光用の望遠鏡があったのかと驚くが、遠めがねは江戸の湯島天神にあった。歌川広重の浮世絵にもあるとおり、下町から、長い階段を登っていく湯島天神は見晴らしの良い高台だった。

眼下には不忍池が広がり、上野の寛永寺が真向かいに見える。隅田川の流れや江戸の町々を、上から眺めるのも楽しいことだったろう。

一茶は、遠めがねなら、春霞にけむっていても見えると思ったのか。三文出して、わざわざ見たのが霞だけなんて、高いねえ、この見物料。

一茶らしいユーモアが楽しい。

（「寛政句帖」寛政四年　前書に「白日登湯台」、湯台に湯島天神がある。　一茶三〇歳）

投《なげ》出した足の先也《なり》雲の峰

投げ出した足の先にあるよ、と言われた「雲の峰」は、夏空にムクムクと上昇する入道雲。積乱雲、雷雲《かみなりぐも》ともよばれる夏の季語で、大入道のイメージからか、信濃太郎、坂東太郎といった愉快なあだ名もある。

存在感があればこそ呼び名も多い雲の峰。そんな雲の峰を、一茶は、投げ出した自分の足の先に、軽くあしらってすましている。

本来なら天を圧する雲の峰、でも、この句がクローズアップするのは無造作に投げ出した一茶の足。小さなはずの足がぐぐっと大きく位置をしめ、雲の峰は足の先っぽに小さく添えられている。本来の大きさ比べならあり得ない。

でも一茶は、本来の大きさも、本来の存在感も、いとも気軽に逆転させて、すましている。

（「七番日記」文化十年　一茶五一歳）

うつくしやせうじ《しょうじ》の穴の天の川

なんという美しさ。障子《しょうじ》の穴から見える天の川に感動しての一句。

ちょうど七夕の夜だった、一茶は小さな障子の穴のむこうに天の川を見付け、その美しさに打たれた。そんなに感動するなら、障子をがらりと開け放し、黒々とした天空に、白く輝く天の川を見ればいいじゃないか、なにを無精なと思われるかも知れない。

じつはこの時、一茶は癰《よう》という悪性の腫れ物に苦しみ、善光寺町の親身な門人上原文路の桂好亭で寝込んでいた。癰は高熱を引き起こし、亡くなる人もいる。一茶も起き上がれない状態だった。そんな苦しい折りに、小さな障子の穴のむこうに、見付けた美しい天の川、一茶は感動していた。

一茶はこの日、少し病状が好転した。

（「志多良」文化十年　一茶五一歳）

なの花の中を浅間《あさま》のけぶり哉《かな》

菜の花のあかるい黄色で埋めつくされた春。

日本の原風景のような美しい春の色。浅間山麓ももちろん、菜の花の畑がいちめんに広がり、千曲川へとゆるやかに傾斜していく。浅間山は、春の菜の花に包まれた今日も、ムクムクと白いけむりを立ちのぼらせている。

浅間山の大噴火が起こったのは、一茶二十一歳の天明三年だった。一茶が暮らしていた江戸にも灰が降り、天明の大飢饉も襲ってきた。

荒ぶる浅間山の記憶は、何年たっても消えはしないが、今は、菜の花の中におだやかな姿でけむりを立ち上らせている浅間山。

江戸と信州柏原を何度も往復した一茶の、いつの日の、情景だったのだろう。


（「七番日記」文化十三年　一茶五四歳）

蟻《あり》の道雲の峰よりつゞ《づ》きけり

雲の峰が、入道雲が、グングン大空にもりあがっていく。そんな真夏の暑さの中、暑いとも言わず、いやだとも言わず、もくもくと歩き続ける蟻の行列。どこからきたのだろう、蟻の道の出発点はどこにあるのだろう。

好奇心に駆られた一茶は驚いた。なにしろ、この行列、ずっと向こうの、はるか彼方の、あの雲の峰のあたりから、うまず、たゆまず、列をつくって歩き続けてきたように見えるではないか。

入道雲はだれが見ても圧倒的エネルギーをもって夏空に君臨する。けれども、アリ軍団、砂粒のように小さい一匹一匹なのに、その総量たるや、巨大な入道雲に勝るとも劣らない。

「すごいなあ、君たち、雲の峰からずっと歩いて来たんだねえ」

（「八番日記」文政二年　一茶五七歳）

ふらんどや桜の花をもちながら

「ふらんど」はブランコのこと。ブランコは夏でも冬でも公園の人気者だが、春風の中、満開の桜の枝を手にもってこぐのは、また特別の高揚感。

子どももいいし、大人もいい。

やっと乗れるおさな子は親に押してもらったり、花を持たせてもらったり。立ってグングンこぐ少年少女の姿もいい。桜を持てば、少しおすましだったり、得意げだったり、いつもとはちがう華やぎがある。

「春宵一刻値千金」のあの有名な詩にも、「鞦韆《しゅうせん》」ということばで、ブランコが登場する。中国の玄宗皇帝も愛したというが、一茶の青春に「ふらんど」の思い出はあったのだろうか。

ひょっとして、「ふらんど」をこいでいるのは老人の一茶だったりして。

（「文政句帖」文政七年　一茶六二歳）

終焉

やけ土のほかり〳〵《ほかり》や蚤さは《（わ）》ぐ

一茶が六十五歳をむかえた文政十年閏《うるう》六月、柏原は大火におそわれた。

一茶の家も焼けてしまった。父から譲り受け、弟と半分分けした大事な大事な家だったのに、残ったのは小さな土蔵だけだった。

火の勢いは猛々しく、火がなめていった焼け跡の土が、いまだに、ほかりほかりと、激しかった炎のほてりを残している。絶望的になっても不思議はないのに、さすがは一茶、ノミのやつら、快適、快適と言わんばかりに、元気に騒いでいるじゃないかと、ユーモラスな句が浮かんでくる。

それからわずか五ヶ月、十一月十九日、一茶はこの土蔵で亡くなった。

翌年四月、一茶の三番目の妻ヤヲが、今に一茶の血を伝える娘やたを産んだ。

（春耕あて書簡　文政十年閏六月十五日　一茶六五歳）

あとがき

柳沢京子

「一茶のおじさん」の唱歌は、京子が一番最初に歌えた歌だ、と祖母は言った。昭和二十年初頭ラジオで流れていたのだろう。信州信濃の山奥のそのまた奥の一軒家ってどこだろう、が私の知りたいことであった。

祖母は、満月を「のゝさん」と呼び、おてんとさんと、のゝさんがいつも見ているから、悪いことをするとバチがあたる。口癖に言って、私たちを諭した。そんな日常の中で一茶俳句、スズメの子そこのけそこのけお馬が通る、とか、やせガエル負けるな一茶これにあり、などが口から出ていたのだ。小さくて痩せたお転婆の私は、そのスズメやカエルの子だったのだろう。

時は昭和四十六年霜月、息子と娘は、同じ日に生まれてきた。だから、子育てには苦労は多かったが、楽しいこともたくさんあり、私たち親子でそのまた奥の一軒家、今に残る土蔵を確かめにも行くことも出来た。

やがて、小学校入学。待ちに待った時、私にまた仕事の時間が戻ってくるかもしれない好機。幼稚園の運動会が終わり、私は小学校入学祝いに、この俳人一茶の句を「いろは」で選んで、かるたを創ろう、と思い立った。スタジオ全員の協力を得て「一茶かるた」は二ヶ月で完成に漕ぎ着け、それが私を「俳人一茶のおじさん」と深い縁で結ぶきっかけとなっていくのである。

時は永く過ぎ、令和のある日、オビに本性見たりと記された俳人一茶に関わる一冊の新書に出会った。読む前から、私は胸騒ぎをしながら読んだ。読むにつれ、エーッという内容で、そんな、そんな、酷い……と声が出た。

令和3年には、ほおずき書籍さんから松本のスズキメソードで長年才能教育に活かされてきている一茶俳句を英訳に極めた「英訳一茶百句集」が発刊されていた。一茶記念館に於けるその原画展の折りに、館主催の講座が開催され、講師は堀井正子さんだった。一茶の思いがけない人柄に触れるお話が聞けた。私は思った。「一茶さん」という絵本は作れないものか。「良寛さん」という絵本のような一冊を。文章化していただけるならば、絵を担当したいなあ、と。それをほおずき書籍の木戸さんに話し、やがて、堀井さんにも話が広がり、その結果が絵本ではなく、この『一茶さんの子守歌』となって実った。私は「一茶さん」のお子たちへの哀しくも熱い思いの丈などを絵にすることが出来た。

信州の柏原から江戸に出て俳句を修得、佳く生き、佳く詠んだ俳人一茶さんは、こんな考えで生き抜いたことを、もう一度確かめてみることになった。

堀井正子さんの限りなく優しい視点でとらえ綴られた一冊。多くの方々のご尽力により実を結んだこの一冊に感謝し、そのまた奥にある景色の数々にも感謝したい。

あとがき

堀井正子

これは私の一茶像です。

これは私の好きな一茶です。

子どもの頃、教科書の中で出会った一茶の句はわずかでした。でも一茶はじつにまめに句を書き付けて残した人のようで、二万句をこえるとも言われています。じつは今でも、それを全部、端から端まで読んだわけではないのです。

まずは先人の研究を頼り、二千句、あるいは千句とまとめてくださった本、それらを便りに、しばしば、あるいは時々、読んでいるうちに、いいな、一茶って、こんな句を詠んでいたのかと親近感を感じることと、しばしばでした。

時には、句だけでなく、一茶の俳文にも出会い、一茶の句が生まれ出る背後にある暮らし、暮らしの中で動く哀しみや歓びをしみじみと一茶流の文章の流れに感じとり、時には、一茶、こんなに愛されていたのかと思う場面もありました。七十五日も病みついた一茶を介抱するのは並大抵ではないのに、時には一緒に連句をしながら一茶の心を鼓舞し、高熱で汗びっしょりの病人の洗濯だって大変だったでしょうに。善光寺のすぐ近くの桂好亭の文路と妻の春尾の奮闘を、一茶の句や俳文の奥に感じていくのは楽しいものでした。

この本の句は私の好みで選びました。選んでみて、一茶の句の世界を、五七五の句の世界を、三百字ほどの文章の世界に置き換え、ふっくらとふくらめて語っていく。

人生の流れにそって年の順に並べるのも、あるいは春夏秋冬と季節を追っていくのも楽しいと思いましたが、「旅暮らし」とか「自画像」とか、句をキーワードでグループ分けして、書いていくのもいいなと思いました。

文章を先に、それを見てから切り絵をというのは、切り絵作家の柳沢京子さんの構想でした。句と絵と文章と、響き合う世界の広がりを楽しんでいただければと思っています。

なお、一茶記念館の渡辺洋氏からは多くのご助言をいただきました。

ルビは新かなづかいで付けてあります。「艸」や「螢」のように、一茶の字体をそのままに生かしたものもあります。風にそよぐ艸のイメージや螢のほのかな火のイメージが残る字が好きなのです。時に一茶の使った字を眺めるのも、私たちを一茶の生きた江戸時代に近づけてくれるかもしれません。

【著者略歴】

・堀井正子（ほりい・まさこ）
千葉県生まれ。東京、横浜で育ち、東京教育大学文学部卒業。東京、沖縄、中国を経て現在長野市在住。長野県カルチャーセンター、八十二文化財団教養講座の講師等のかたわら、信越放送ラジオ「武田徹のつれづれ散歩道」レギュラーを務める。著書に『ことばのしおり』『源氏物語　おんなたちの世界』『出会いの寺　善光寺』（信濃毎日新聞社）『近代文学にみる　女と家と絹物語』『堀多恵子・山ぼうしの咲く庭で』（オフィス・エム）『ふるさとはありがたきかな　女優松井須磨子』（こころの学校編集室）ほか。

・柳沢京子（やなぎさわ・きょうこ）
1944年佐久市生まれ。信州大学教育学部美術科在学中に放送局の番組宣伝広告制作のアルバイトとしてグラフィックデザインの本格指導を受け、独自の「きりえ」を創作する。やがて双子で誕生した息子と娘のために「一茶かるた」を発表、「きりえ」人生を導いていく。江戸小紋人間国宝の小宮康孝師匠に渋紙を授与され、この紙との出会いが創作の支えとなり半世紀を過ぎてなお創作に意欲を燃やす。国内外で多数の個展を開催するほか、著書に『いのちいろはノート』（共著）『一茶365＋1きりえ』『英訳一茶100句集』（共著）（ほおずき書籍）。

一茶さんの子守歌

2023年7月23日　第１刷発行

文　堀井正子
きりえ　柳沢京子

発行者　木戸ひろし
発行元　ほおずき書籍株式会社
〒381-0012 長野県長野市柳原2133-5　TEL 026-244-0235
FAX 026-244-0210
www.hoozuki.co.jp

発売元　株式会社星雲社（共同出版社・流通責任出版社）
〒112-0005 東京都文京区水道1-3-30　TEL 03-3868-3275

ISBN978-4-434-32432-1